CIP-Titelaufnahme der Deutschen Bibliothek

Pilkington, Brian:
Tillmans Traum / Brian Pilkington. Dt. von Marianne
Vittinghoff. - Erlangen : Boje-Verl., 1989
Einheitssacht.: Norman's ark <dt.>
ISBN 3-414-81722-5

Erste Auflage 1989
Titel der Originalausgabe:
Norman's Ark
erschienen bei Idunn Publishers,
Reykjavik, Island 1988
© Text und Illustration: Brian Pilkington
Alle deutschsprachigen Rechte beim Boje Verlag, Erlangen
© für die deutsche Übersetzung Boje Verlag, Erlangen 1989
Übersetzung: Marianne Vittinghoff
Satz: Pestalozzi-Verlag, Erlangen
Printed in Iceland. ISBN 3-414-81722-5
Printed by Oddi Ltd.

TILLMANS TRAUM

BRIAN PILKINGTON

Deutsch von Marianne Vittinghoff

BOJE VERLAG ERLANGEN

Ein fürchterlicher Blitz fuhr über den Himmel.
Der Regen fiel in Strömen. Häuser und Autos wurden vom Wasser weggerissen. Menschen schrien, Tiere bellten und blökten, muhten und miauten.
Überall brach Panik aus.
Ein ohrenbetäubender Donner ließ die Erde beben.
Tillman zitterte am ganzen Körper, aber er war gar nicht mehr draußen und mußte sich auch nicht mehr durch die Fluten kämpfen. Er saß kerzengerade in seinem Bett, und draußen war alles ganz ruhig.
Kein Donner. Kein Regen. Keine Flut.
Es war alles ein Traum gewesen.

Welches Geräusch hatte ihn denn dann aufgeweckt? Wahrscheinlich war das große Bilderbuch vom Bett gerutscht und auf den Boden gekracht.
Er hatte vor dem Einschlafen darin gelesen, wie Noah eine Botschaft erhielt. Ihm wurde befohlen, eine Arche zu bauen und von jeder Tierart ein Paar vor der schrecklichen Flut zu retten, die kommen würde.
„Und was, wenn gerade jetzt eine Flut kommt?" fragte sich Tillman.
„Vielleicht war dieser Traum eine Art Botschaft."
Er fühlte sich sogar etwas geschmeichelt bei dem Gedanken.
„Vielleicht sollte ich eine Arche bauen", sagte er. „Was meinst du, Herr Schmidt?"
Herr Schmidt antwortete nicht. Es wäre schon eine wirkliche Flut nötig, um ihn aufzuwecken.

Herr Schmidt und Tillman lebten in einem Haus nicht weit weg vom Meer. Hinter dem Haus lag eine Wiese mit einem riesigen Stapel Holz.
Tillman sammelte immer Sachen, die er vielleicht einmal brauchen könnte, alle möglichen Sachen, wie Schnur und Draht, rostige Nägel und Kronkorken. Vor allem aber sammelte er Holz, alte Holzstücke in allen Formen und Größen.
Tillman war in den Ruhestand geschickt worden, und nun saß er schon eine ganze Weile herum und hatte Mitleid mit sich selbst. Er vermißte seine Arbeit und die Gesellschaft seiner Arbeitskameraden. Aber dafür hatte er neuerdings viel mehr Zeit, um Holz zu sammeln.
Treibholz, alte Kisten, ja, eigentlich alles, wofür niemand mehr Verwendung hatte. „Wir heben es für schlechte Zeiten auf", sagte er dann zu Herrn Schmidt, wenn sie auf etwas Brauchbares stießen. Und sein Holzstapel wurde immer größer.
Es gefiel Tillman, daß der Traum ihn auf die Idee gebracht hatte, eine Arche zu bauen.
Er hatte sich oft überlegt, was er mit dem großen Stapel Holz anfangen sollte. Nun wußte er es.
Er würde aus all den alten Sachen, die er und Herr Schmidt für schlechte Zeiten gesammelt hatten, eine Arche bauen.

Auch wenn sein Holzstapel riesig war, wußte Tillman, daß seine Arche nie so groß werden würde wie Noahs.
Noah hatte seine ganze Familie zur Hilfe gehabt, Tillman hatte nur Herrn Schmidt, der eigentlich keine richtige Hilfe war.
Trotz alledem wollte Tillman seine Arche aus dem vorhandenen Holz so groß bauen, wie er nur konnte. Er hatte nicht viel Geld, um mehr Holz zu kaufen. Und er wollte sich keinen Ärger einhandeln, indem er die Bäume der Nachbarn fällte.
Tillmans kleines Haus lag ziemlich weit von der Stadt entfernt, aber eine ganze Menge Leute wohnten auch in seiner Nähe. Sobald er anfing, die Arche zu bauen, kamen alle Kinder aus der Nachbarschaft und waren natürlich begierig zu helfen.
Manchmal konnte Tillman nicht umhin zu denken, daß es vielleicht besser vorangegangen wäre, wenn nur Herr Schmidt sein Helfer gewesen wäre. Es machte aber mehr Spaß, mit den Kindern zu arbeiten, als allein mit Herrn Schmidt vor sich hin zu schuften.
Es war gerade, als hätte er seine alte Arbeit wieder.

Tillman arbeitete hart, bei jedem Wetter, ob Regen oder Sonnenschein. Bei Regen strengte er sich sogar besonders an – nur für den Fall, daß es der Anfang von etwas Größerem wäre....

Je größer die Arche wurde, desto stolzer und zufriedener fühlte sich Tillman. Nach monatelanger, schwerer Arbeit war das Planen, das Sägen und Hämmern zu Ende. Nur das Streichen blieb noch übrig.
Auch wenn Tillman stolz auf sein Arche war, sah er doch ein, daß sie äußerst fremd auf seiner Wiese wirkte. So beschloß er, sie grasgrün anzumalen, damit sie besser in die Umgebung paßte.
Die Kinder waren entzückt, als sie die Möglichkeit sahen, Tillman beim Streichen zu helfen. Sie hätten wohl am liebsten auch ihn und Herrn Schmidt angemalt. Farbe war jedoch eines der wenigen Dinge, die Tillman für die Arche kaufen mußte, und da er nicht viel Geld hatte, bat er die Kinder, nicht einen einzigen Tropfen zu verschwenden.
Aber gerade dann passieren natürlich Unfälle!

Es dauerte einige Wochen, bis die Arche innen und außen gestrichen war. Dann endlich konnte Tillman anfangen, sie mit Sachen zu füllen, die er vermutlich brauchen würde.

Noahs Flut hatte vierzig Tage und vierzig Nächte gedauert, wenn er sich richtig erinnerte.

Tillman bastelte einen kleinen Generator für sein Licht und seine Heizung und stellte seinen Fernseher hinein, damit er während der Flut immer die Wetterberichte sehen könnte.

Er nahm einen Teil der alten Möbel aus seinem Haus mit, aber ein neues Bett mußte er sich bauen. Und natürlich hatte er noch Dutzende von Käfigen und Ställen für die Tiere anzufertigen.

„Ach ja! Die Tiere!" rief er.
Bis jetzt hatte er sich nicht die Zeit nehmen können, an die Tiere zu denken. Das einzige Tier, das er hatte, war Herr Schmidt, sein Hund. Wo um Himmels willen sollte er ein Paar von jeder Tierart herkriegen? Oder wenigstens ein Paar von einigen Tierarten?
„Aus dem Zoo", dachte er. „Nein, dort kann man keine Tiere kaufen."
Nachdem er das Problem eine Weile hin und her gewälzt hatte, fiel ihm plötzlich etwas ein.
„In einer Tierhandlung!" rief er so laut, daß der arme Herr Schmidt vor Schreck zusammenfuhr. „Sagenhaft! Ich wette, darauf wäre nicht einmal Noah gekommen."

Tillman fuhr mit dem nächsten Bus in die Stadt und verbrachte den Rest des Tages mit der Suche nach einer Tierhandlung. Er lief die Straßen rauf und runter und fragte jeden, den er sah. Alles umsonst! Es sah so aus, als gäbe es keine Tierhandlung. Nirgends.

Tillman fuhr ganz niedergeschlagen nach Hause. Als er daheim war, setzte er sich hin, und dachte scharf nach. Was für einen Sinn hatte eine Arche ohne Tiere?

Da erinnerte er sich, daß einer der Jungen, die ihm geholfen hatten, etwas über seine Mäuse daheim erzählt hatte, und wie schnell sie sich vermehrten. Vielleicht würde er zwei gegen irgendetwas hergeben?

„Na, was hältst du davon, Herr Schmidt?" sagte Tillman, aber Herr Schmidt machte nur ein ganz besorgtes Gesicht. „Nein, du doch nicht", tröstete Tillman. „Dich würde ich doch nicht im Traum gegen irgendetwas in der Welt tauschen, nicht einmal gegen einen Elefanten."

Was könnte er denn dem Jungen für seine Mäuse schenken? Er hatte ja nichts. Aber er könnte natürlich etwas basteln.

Was für eine großartige Idee! Er beschloß, ein kleines Modell seiner Arche zu bauen.

Als es fertig war, gefiel es dem Jungen so sehr, daß er es jedem seiner Freunde stolz zeigte.

Am nächsten Tag standen die Kinder vor Tillmans Tür Schlange. Alle trugen sie Tiere, die sich ein neues, gutes Zuhause wünschten, und wollten sie gegen Holzspielzeug tauschen.
Es endete damit, daß Tillman einige Kaninchen, ein paar Meerschweinchen, zwei Kätzchen und ein Goldfischglas hatte. Er war nicht ganz sicher, ob Noah Fische auf seiner Arche gehabt hatte, aber sie sahen so niedlich aus!
Tillman bekam auch zwei Goldhamster, zwei Schildkröten, zwei Wellensittiche, zwei Frösche und zwei Schlangen.
Er hatte bei einigen Tiere allerdings seine Mühe, die Männchen von den Weibchen zu unterscheiden.

„Es wäre einfacher, wenn sie Hosen oder Röcke tragen würden", dachte er.
„Aber wie kommt eine Schlange in eine Hose?"
Als Gegenleistung für die Tiere machte Tillman kleine Autos, Flugzeuge und anderes Spielzeug, und er schnitzte auch Tiere wie Giraffen und Elefanten. Nach all der Mühe mit seiner Arche war es ihm eine willkommene Abwechslung, etwas Kleineres zu basteln. Zum Glück brachte ihm keines der Kinder eine richtige Giraffe oder einen Elefanten – seine Arche wäre nicht groß genug gewesen.
Herr Schmidt war tatsächlich das größte Tier.

Das Füttern der Tiere erwies sich als ein kleines Problem, aber es gelang Tillman, billige Samen und Körner von einem Bauern zu bekommen, der in der Gegend wohnte, und auch recht viel Gemüse, das er gerade wegwerfen wollte.
Als er mit allem so weit war, sah die Sache gar nicht schlecht aus.
Aber wie in aller Welt hatte Noah seine vielen Tiere gefüttert?
„Er muß für sie Fische gefangen haben", entschied Tillman. Als er sich es aber recht überlegte, glaubte er es doch nicht. Noah hatte ja nur zwei Würmer gehabt, und die hätte er sicher nicht als Köder hergegeben.

Trotz Tillmans Angst vor der herannahenden Flut war der Frühling
besonders schön gewesen und hatte nur wenig bewölkte Tage und ab und zu
einen Regenschauer gebracht. Eines Tages aber veränderte sich das Wetter.
Ein Gewitter brach los, und der Regen fiel in Strömen. Es goß tagelang.
Tillman zog in seine Arche um, als er die Wetterberichte von den Fluten in
allen Teilen des Landes sah.
Flüsse traten über die Ufer, und Menschen verließen ihre Autos und Häuser,
um sich zu retten.
Als Tillman am Ende des vierten Tages ins Bett ging, fing er an, sich Sorgen
zu machen, ob sein Arche überhaupt schwimmen würde. Das hatten sie ja
bis jetzt nicht ausprobieren können.
Seine Befürchtungen waren jedoch umsonst.
Am folgenden Tag schien die Sonne, die Fluten zogen sich zurück, und das
Wasser floß wieder in die Flüsse und in das Meer.
Tillman kletterte von seiner Arche herunter.
Alles war wieder wie sonst.
Er war glücklich, aber plötzlich kam er sich etwas albern vor, wie er so in
seinem Regenzeug in der Sonne dastand.

Tillman hatte nur keine Zeit, sich albern vorzukommen. Obwohl seine Arche noch trocken bis unter den Kiel stand, war sie voller Tiere, die gefüttert und versorgt werden wollten.

Es gab eine Menge Arbeit.

Gewiß, die Kinder halfen ihm gern.

Sie zogen Tillman ein wenig mit seiner großen Flut auf, für die er sich so sorgfältig vorbereitet hatte. Es machte ihm aber nichts aus.

Er war froh, daß alles so gut ausgegangen war. Und nebenbei bemerkt, hatte er immer schon ein wenig Angst gehabt, seekrank zu werden.

Die Wochen vergingen, und alle fühlten sich in der Arche wohl. Nur dann passierten Sachen, an die Tillman nicht gedacht hatte, wie du sehen kannst.

Die Mäuse hatten bald acht winzige, nackte Babys geboren, und bald danach mindestens ein Dutzend mehr.
Das war aber nicht alles — weit entfernt!
Die Kaninchen bekamen sechs Babys, und Babyhamster gab es auch, und Meerschweinchen, Kätzchen und winzige, kleine Schlangen. Sogar die Wellensittiche hatten Eier gelegt und brüteten kleine Vögel aus.
Dies alles hieß viel mehr Futter kaufen und viel mehr Arbeit, neue Käfige zu bauen. Tillmans Geld war schnell verbraucht, nur um den Tieren Futter zu besorgen.
„Was soll ich machen?" sagte er eines Tages zu Herrn Schmidt. „Wenn es in der Stadt eine Tierhandlung gäbe, würde ich einige Tiere dort verkaufen, um Futter für die übrigen zu kaufen."
Kaum hatte er den Satz ausgesprochen, sprang er vor Freude auf und lachte und kicherte. Er packte Herrn Schmidt an den Pfoten und tanzte mit ihm über den Boden. Der arme Herr Schmidt war ganz durcheinander.
„Es wird doch wohl nicht noch eine Arche bauen", dachte er.
„Eine TIERHANDLUNG!" schrie Tillman, und Herr Schmidt dachte, nun er müßte doch wirklich wissen, daß es in der Stadt keine Tierhandlung gibt.
„Eine TIERHANDLUNG!" brüllte Tillman. „Das ist genau das, was unsere Stadt braucht! Die Arche wird eine ausgezeichnete Tierhandlung abgeben!"

Nur keine Zeit verlieren! Die Tierfamilien wurden von Tag zu Tag größer. Tillman verbrachte den Rest des Tages am Telefon und sprach mit allen möglichen Leuten in allen möglichen Büros der Stadt. Am folgenden Tag zitterte und wackelte Tillmans Haus so sehr, daß die Bilder von den Wänden fielen. Ein riesiger Kran war angekommen, hinter ihm ein Tieflader. Erst mußten Mengen von Seilen und Ketten festgemacht werden, dann halfen die Arbeiter, die Arche auf die Ladefläche zu hieven.

Tillman konnte zwar seine Aufregung kaum verbergen, aber er machte sich noch mehr Sorgen, daß die Tiere Angst bekommen könnten, wenn die Arche sich in Bewegung setzte.
Bald bewegte sich ein seltsamer Zug auf die Stadt zu. Erst der Kran, gefolgt von dem langen Tieflader mit der Arche drauf. Kein Wunder, daß die Leute staunten und am Straßenrand stehenblieben, um zuzuschauen.
Endlich erreichte der Zug sein Ziel.
Der Kran setzte die Arche genau zwischen zwei großen Gebäuden an der Hauptstraße ab.

Tillman arbeitete die ganze Nacht ohne Pause durch und sägte ein großes Loch in die eine Seite der Arche, machte einen Aufgang und paßte eine Tür ein.
Das Beste sparte er sich bis zuletzt auf. Er malte nämlich diese Worte auf ein großes Schild:

TILLMANS TIERHANDLUNG

Am nächsten Tag gab es wieder eine Flut – aber diesmal von Menschen –, als er das Geschäft eröffnete.
Manche kamen nur aus Neugier, aber viele kauften auch ein Haustier für ihre Kinder.
Tillman achtete sehr darauf, daß seine Tiere in gute Hände kamen, zu Leuten, die liebevoll für sie sorgen würden.
Und ganz bestimmt dachte er nie daran, Herrn Schmidt zu verkaufen. Kein einziges Mal.
Die Arche wurde langsam zu einem wichtigen Bestandteil der kleinen Stadt.
Tillman war begeistert von seiner Arbeit und hörte allmählich auf, sich um Fluten zu kümmern.
Aber als er die Eingangstür eingepaßt hatte, hatte er sich doch genau vergewissert, daß sie auch wasserdicht war, wenn man die Laufplanken eingezogen und die Tür geschlossen hatte.

NUR FÜR ALLE FÄLLE!